赤い糸

満蒙開拓団残留者の手記

望月藤子

風詠社

目次

若き日の著者

一　赤い糸

昔から中国では、結婚する相手は、生まれた時から赤い糸で結ばれていると、伝えられてきました。今時の若い人たちは信じないかもしれませんが、夫婦の縁には運命的なめぐり合わせがあると、私は信じています。

昭和十七年（一九四二年）四月、十二歳の私は両親に連れられて、大営開拓団として満州（現中国東北地方）へ移住しました。

それから、日本の敗戦の混乱、激動する中国の内戦を経て、平原省（河南省）志願軍療養院で事務の仕事をしていた時、後に夫となる外科医と運命的な出会いをしました。彼は、身だしなみの良い、もの静かで誠実な、私と同じ年の青年でした。

私たちの仲を取り持ってくださったのは、彼を自分の息子のように可愛がっていた日本人の沖山政一先生でした。先生は、ベチューン医科大学（中国での医療活動に貢献したカナダ共産党員の外科医、ノーマン・ベチューンに由来）の教授であり、生理学博士でもありました。結婚は、当時の中国の方式により、県政府から結婚証書を貰って、病院長が質素な結婚式を挙げてくださいました。

一九五四年八月十九日、二十四歳の時のことでした。

当時は、国際結婚などとんでもないと言われていた時代です。ましてや日本人の私と結婚するなど、相当な勇気と深い愛情がなければできないことです。私は幸せでした。

二〇一八年、私は八十八歳になりました。そして最愛の夫は、この夏、たくさんの楽しい思い出と大切な教えを残して、天国へと旅立っていきました。結婚歴六十四年、私たち夫婦は長くて強い赤い糸でしっかりと結ばれていました。

夫との出会いを振り返ると、いろいろな思い出があります。

私たちは同じ病院での仕事の関係で、毎日のように顔を合わせていましたが、お互いに好意を意識するようになっても、愛の言葉を交わすようなことはありませんでした。デートといっても、田舎の芝居小屋のような所で映画を二回、比干墓《ヒガンボ》という古墳を見に一回、そして食事もたった一回したきりでした。

結婚してかなり経ってから冗談半分に「あなたはあの頃、どうして一度も愛してるって言ってくれなかったのですか」と聞いてみたことがありました。夫の答えは「本当の愛というものは、言葉にしなくても自然にお互いの胸に伝わっていくものだ。言葉にしなければ伝わらないのは本当の愛ではない。口で言ったら価値がなくなるじゃないか」というものでした。

そうです。確かに私たちは愛という言葉を口にしなくても、お互いの愛情が伝わっていたからこそ、結婚したのでした。他にも思い当たることがたくさんありました。

ある夏の日の夕方のことです。

私たち二人は、城壁の外へ散歩に出かけました。散歩から戻った私は、ブローチを落としたことに気が付きました。それは、彼がプレゼントしてくれた白い鳩の形の、私にとってはたった一つの大切な装飾品でした。

彼は暮れかかった薄暗い道を引き返し、草むらの中からそのブローチを見つけてきてくれました。後で聞いた話ですが、その時彼は、胸の中で〈もしブローチが見つかれば、二人の仲には未来がある。もし見つからなければ、二人の仲はこれで終わりだ……〉と思いながら探したのだそうです。彼の気持ちがよく伝わってきました。

また、こんなこともありました。

私は休日など、彼の部屋へよく行きました。二人で一つの机を挟んで向かい合わせになり、本を読むのが楽しみだったのです。彼の書棚には、医学書の他にも、化学、物理、心理学などの本がたくさん並んでいました。私は好んで心理学の本を読んでいました。
そんなある日、「僕の好きな詩ですよ。読みますか」と一冊のノートを見せてくれました。ノートにはきれいな字で、いろいろな人の詩が書いてありました。その中で私が一番心を打たれたのは、あるポーランド人が書いたという詩でした。大体の内容は、こんなでした。

私は貧しい娘です
金持ちの新郎が欲しい
きらびやかに飾った馬車の両側には
大勢のメイドが立ち並ぶ
だけど、愛があるなら
私は何もいらない
裸足のままで、あなたについて行く
空の果てまで
海の果てまで

素敵な詩でした。私は彼にもこんなロマンチックな面があるのかと驚き、ますます魅かれていきました。そしてその思いを重ねて「私、この詩が一番好きです。特に最後のほうが素敵です」と言ってしまいました。すると、彼は驚いたように私の瞳を覗いて、「僕もそうです」と答えてくれたのです。

そんなことがあったある日、彼が突然、「沖山先生がね、君たち良いカップルだ。結婚したらいいって言ってたよ」と言ったのです。これが彼からのプロポーズの言葉でした。ところが結婚してわずか十七日で、私たちは離れて暮らさなければならなくなりました。夫は結婚前から希望していた二つ目の大学（河南医科大学）への入学が認められたのです。夫は、念願が叶い希望に満ちて出発しました。汽車の一番後ろのデッキに立って、元気よく手を振る夫を、私は、その姿が見えなくなるまで、プラットホームに佇んで見送りました。

夫、馬　迎春は、一九三〇年一月二十九日、河北省の農家の末っ子として生まれました。そこは、抗日戦争時代、中国共産党の根拠地でした。彼は幼い時に母親を亡くして、父親と、年の離れた兄嫁に育てられたのだそうです。

彼は抗日戦争の終わり頃、中学へ進学しました。その中学は八路軍（中国共産党の軍隊）の組織に附属していて、軍隊と共に行動する流動式の学校でした。卒業の折に推薦されて、ベチューン医科大学へ入学しました。ところが間もなく、毛沢東の率いる共産党と蒋介石の率いる国民党との間で争いが起き、内戦が勃発しました。一九四六年から一九四九年までの解放戦争です。この内戦のため、せっかくの大学の卒業は繰り上げられ、短期の訓練を受けて彼は前線の病院へ助理軍医として配属されました。

大学を去る時、学長は言ったそうです。

「君たち、戦争が終わって平和な時代が来たら、必ず戻ってきて勉強を続けなさい」

けれど、内戦が終わり新中国が成立しても、学長の言葉は実現しませんでした。なぜなら入学したその大学は、名前も校舎も変わってしまっていたからです。

しかし、夫の勉強を続けたいという願いは変わりませんでした。配属された病院へ送られてくるさまざまな病状の患者さんを前にして、〈以前大学で学んだ中途半端な知識と技術では、患者さんが信頼して命を預けてくれるような立派な医者にはなれない〉と悩んでいました。もう一度大学で勉強をやり直そうと決め、寸暇を惜しんで受験勉強をしていました。そ

医学生　馬迎春

の甲斐あって、河南医科大学に合格し、結婚十七日目、大学のある開封《カイホウ》の町に向かって出発して行ったのです。

入学後、夫はよく手紙をくれました。短いけれど、とても優しい手紙でした。結婚前一度も貰ったことのないラブレターでした。

夫の河南医科大学での五年間は、私たち二人にとってあらゆる面で大変苦しい生活でした。私は預金を使い果たし、腕時計もお金に換え、生活を切り詰めて子どもを育て、夫の足を引っ張らないよう頑張りました。夫は一般の学生より遅れての入学でしたから、年上でありながら、以前受けた基礎教育の差もあり、その分、人一倍の努力をしたと思います。苦労した甲斐があって、優秀な成績で卒業することができました。その時、彼は二十九歳になっていました。

それからは河南省結核病院、河南省人民病院、河南省腫瘍病院で、胸部外科医として勤務し、患者さんから信頼される医師になりました。

上海と北京の胸部外科専門の病院で、一年間ずつ研修したこともあります。さらに大阪医師会の招聘で、三ヶ月間、心臓外科の研修もさせていただきました。

そして、胸部外科の専門家として認められ、河南省腫瘍病院では、院長として最後の仕事を務め上げました。

夫は、患者に信頼される医師としての夢を果たすことができ、充実した幸せな人生だったと思います。

夫の生涯の座右の銘は、「淡泊」でした。自筆の「淡泊」の書を額に入れて、自宅のリビングの壁にかけていました。その言葉通り、夫は、名誉や地位、金銭にとらわれない生き方をした人でした。三人の娘も父親似で、同じような道を歩んでいます。

私が、かくも長い間、中国でくじけずに生きてこられたのは、赤い糸で結ばれた良き夫の、強い支えがあったからこそです。

夫亡き後も、私たち家族は赤い糸でしっかり結ばれ、元気で頑張っています。娘三人、孫四人、ひ孫二人、夫が残してくれた宝物です。

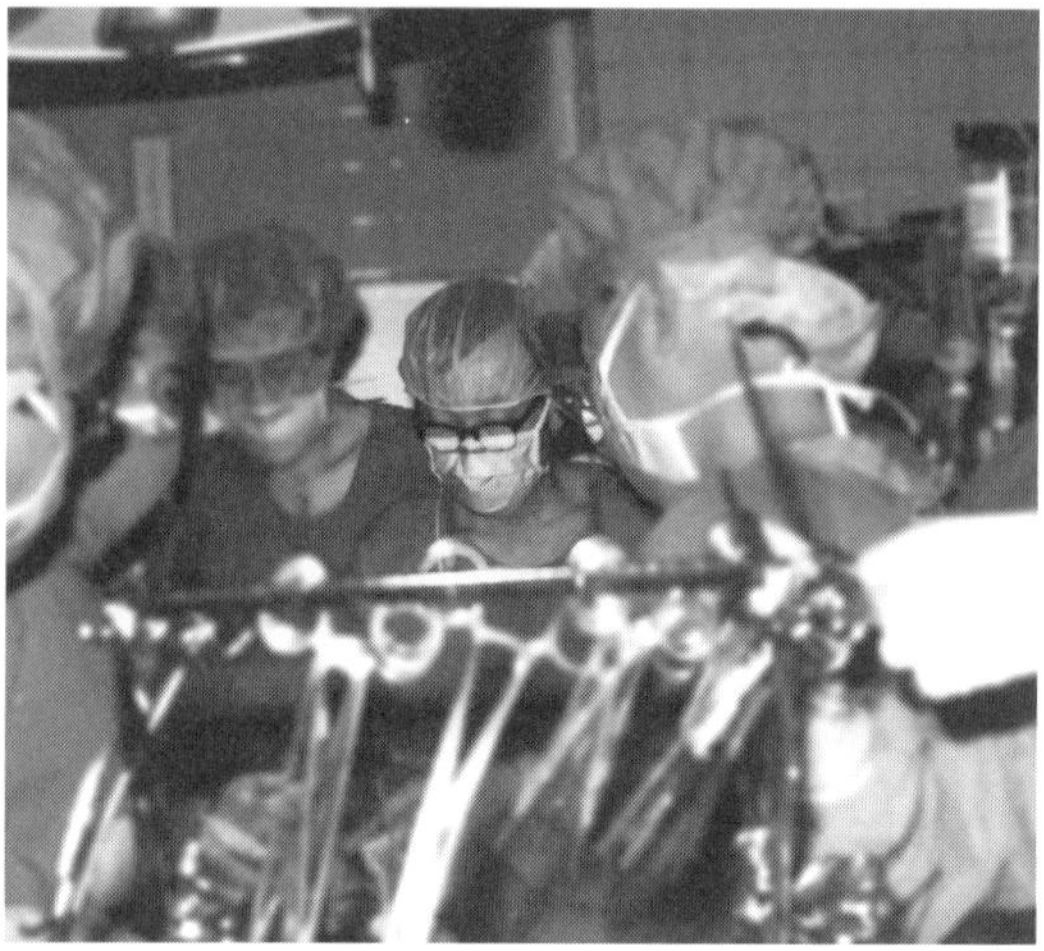
大阪にて、研修中の夫

二　満蒙開拓団

昭和五年（一九三〇年）一月四日、私は山梨県で生まれました。戸籍上は甲運村川田（甲府市）となっていますが、実際は藤ノ木《とうのき》という所で生まれたので「藤子」という名前を付けたのだと聞かされました。

父は、半自作農の三男坊でしたので、家業を継がず、若い頃から土建会社の請負師として、道路や橋、隧道などの工事を手掛け、母を伴って工事場を移動するといった暮らしをしていました。藤ノ木というのは、私が生まれた時、道路工事を請け負って仕事をしていた土地の名前です。

そんなわけで、私は幼少時代、父の実家である川田の祖母に預けられて育ちました。川田の家は、杉の生け垣に囲まれた二階建ての大きな古い家でした。二階には蚕部屋があって、蚕が桑の葉《は》を食む音が聞こえたりしていました。

母屋《おもや》の東側に風呂場と便所がつながっていて、庭の南にはぶどうの棚、西には石榴や栗、梅の木などがあり、小さい竹やぶもありました。北側には高く伸びた柿の木があり、秋になると祖母が「ころ柿」を作ってくれました。

今でも不思議に思い出すのですが、庭の東南の片隅に小さな祠があって、その中に石のキツネ様が正座していました。祖母は氏神様と言って大切にしていましたが、私は怖くて近寄れませんでした。

父、母、姉と著者

祖母の話によると、そのキツネ様はある年の洪水で流されてきて、この場所に引っかかったのを祖父が見つけて、家の守り神様として祭ったのだそうです。時々、「ご利益がある」と言って、油揚げをお供えに来る人もいました。夢のような、幼年時代の思い出です。

母屋の西側に、平屋の長屋が続いていました。そこには店子《たなこ》という人たちが住んでいて、祖母を「大家《おおや》さん」と呼んでいました。その人たちは、夜遅く洗面器と手拭いを持って「こんばんは。お風呂を貸してください」と言って来て、必ず「結構なお風呂、ありがとうございました」と声をかけて帰って行くのでした。子ども心に不思議に思っていましたが、「小作人《こさくにん》」と言われていた人たちだったと思います。

昭和十一年（一九三六年）四月、私は村の尋常高等小学校（後の国民学校初等科）に入学しました。祖母に預けられていた私は、学校に上がっても何も分からず、友だちもいない目立たない子どもでした。ただ本を読むのが大好きで、離れて暮らす母が毎月送ってくれていた『幼年倶楽部』や『少女倶楽部』という雑誌を夢中で読んでいました。

学校生活に慣れてくると勉強も面白くなり、二年生の時に「努力賞」を貰い、父母に喜んでもらいました。それからはずっと級長に選ばれ、終業式にはいつも「優等賞」を、卒業式にはただ一人、山梨県教育委員会から表彰状を貰いました。勉強が大好きだった私には、将来上の学校へ行って、学校の先生か作家になりたいという夢がありました。

それなのに、父が突然、満州の開拓団に行くと言い出したのです。私は「満州なんか行かない！　上の学校へ行って勉強したい」と強く反発しました。父は「バカなことを言うな！　満州にだって女学校も大学もあるんだ」と怒鳴りつけました。そうしてとうとう父は、兄弟や親戚の大反対を押し切って、土地や家財道具などを売り払い、満蒙開拓団行きを決めてしまったのです。

昭和十二年（一九三七年）に始まった日中戦争からさらに太平洋戦争へと、日本は戦争の時代に入っていきました。軍事産業が盛んになり生活物資が不足してきて、砂糖やマッチ、米穀類が配給制になりました。それまでは父の仕事も順調で、お正月には振り袖の着物を着せてもらったり、温泉旅行にも連れていってもらったり、かなり贅沢な暮らしをしていた我が家でしたが、世の中の不景気につれて、父の仕事もなくなってきたようでした。私が三年生の時、父は仕事を辞めて家業の手伝いをするようになりました。私はようやく両親と一緒の生活ができると喜んだのですが、収入が減り家の暮らしが貧しくなっていくのが子ども心にも分かりました。

そんな折です。日本政府はさかんに「北方鎮護」「食糧増産」「五族協和」「王道楽土」という言葉で巧みに満蒙開拓移民の宣伝をし、煽り立てていました。甲府で開かれていた開拓団の展示会では、赤い煉瓦造りのモダンな住宅、豪華な毛皮の防寒着、豊かに実っている農作物の写真が、人々の心をそそるように展示されていました。

その頃我が家には、新しく妹が誕生しました。けれど母の乳の出が悪く、父はミルクを手に入れるために、毎日のように役場へ怒鳴り込んで行ったようです。そのことが村中の評判になり、私は学校で随分いじめられもしました。父にしてみれば、赤ん坊のミルクも充分に手に入らない、日々の生活の困難があったからなのでしょう。父は〈満州に行けば豊かな暮らしができる。家族の幸せがある〉と信じて国の政策に乗り、満蒙開拓団への移住を決断したのだと思います。

私は昭和五年生まれですから「張作霖」だの「柳条湖」だの「盧溝橋」だのといったことはよく分かっていませんでしたが、「真珠湾攻撃」の報はラジオで知りました。ラジオ放送に「バンザーイ、バンザーイ」と手を叩いて喜びましたら、父に叱られました。父はその時、「馬鹿な戦争を始めたもんだ」と言っていました。昭和十六年十二月八日のことでした。その日から連日、大本営本部の戦果についての発表がありました。日本の快進撃に大人も子どもも沸き立っていました。

その翌年、昭和十七年、私が十二歳の春、四月、桜の花の満開の頃でした。村の神社で壮行会が行われました。父は、国民服に身を固め、拓士の腕章を付け、両手を高々と突き上げて、「スメラミコト、イヤサカー」（天皇弥栄）と声を張り上げて叫びました。夫にただ黙ってついていくだけの母は、この時も何も言わず、私たち四人の子どもを連れて、境内の隅の桜の花の下で涙を拭いていました。

石和駅で大勢の人たちに見送られ、甲府駅で同行する人たちと合流して、下関へ向かいました。そこから船で朝鮮半島の釜山に着いたのですが、私は船酔いでふらふらでした。釜山からは、ニンニクとタバコの臭いの立ち込める満員の三等列車に揺られて行きました。安東（丹東）を経て旧満州に入り、新京（長春）、奉天（瀋陽）、ハルピンと長い長い旅をして、浜江省《ヒンコウ》（黒龍江省）の興龍鎮《コウリュウチン》という小さな駅に降り立ちました。

町は人影もなく、大きな真っ赤な太陽が、地平線に沈もうとしていました。

ここはお国を何百里
離れて遠き満州の
赤い夕陽に照らされて……

内地で聴いたこの歌が自然に頭に浮かび、異国へ来たという実感に涙がこぼれました。

翌日、開拓団本部から迎えのトラックが来ましたが、出発してすぐ故障して動かなくなってしまいました。四月といっても北満はまだ寒く、その上冷たい雨が降り出してきました。仕方なく現地で馬車を雇い、持ち合わせの布団を頭から被ってぬかるんだ道を馬車に揺られて行きました。降りしきる雨と涙が頬を伝って口の中に流れ込みました。父は班長をしていたので、馬車の前後を歩きながら「みんなしっかりしろー。眠るなー」と叫び続けていました。眠ったら寒さで死んでしまうと言われました。

途中、青年義勇隊の駐屯地で一泊し、翌日、目的地の浜江省東興県大営開拓団本部に着いた時は、真夜中でした。大勢の人たちが火を焚いて、おにぎりを作って待っていてくれました。白いご飯に味噌をつけただけのおにぎり――今でも忘れることができません。

父は土建会社の請け負いの仕事をしていたものですから、入団するとすぐ、土木係長という委任状が来て、若者たちを引き連れ道路工事にかかりました。

本職の農作業は、当時「苦力《クーリー》」といっていた現地の「満州人」を雇って任せていました。この人たちは働き者で、また、言葉の分からない母や私たちを「タイタイ、クーニャン」と言ってよく面倒をみてくれる、穏やかな気立ての優しい人たちでした。そんなでしたから父も母も彼らを大切にしていましたので、敗戦のどさくさの中でも、彼らはそれまでと同じように接してくれ、何かと助けてくれたのでした。

私は、大営国民学校高等科に入学しました。

学校といっても、入学当初は校舎もなく、教室は古い民家の土間に粗末な机と腰掛けを並べ、壁に黒板を掛けただけのものでした。教員は、校長先生と男の先生が二人、女の先生が一人で、授業は二部制でした。

私は入学してすぐ、男子から「ハッケロ」と渾名されました。どういう意味かその時は分かりませんでしたが、それは「白系ロシア人」という意味で、私がロシアの女の子に似ていたからだったと後から分かりました。また、「オメが勉強できるから、オレたち先生から怒られるんだ」といじめられたこともありました。

担任の先生に訴えると、先生は「草原の大木、風当たり強し」という言葉で「強くなれ」と諭してくださいました。この言葉はその後ずっと私の座右の銘となり、その後の人生において苦しい時や辛い時、その言葉が私を励ましてくれました。

一年後、ようやく赤い煉瓦造りの立派な校舎が丘の上に建ちました。校舎の周りには雑草が茂っていて、時々キジが遊んでいたり、ノロジカが飛び出してきたりしました。

高等科の女子は、裁縫や料理の時間があって、ハイカラなロールキャベツやシチューなどを作って先生と一緒に食べた楽しい思い出もあります。

二年後、高等科卒業の時がやってきました。

卒業を前に進路を考えていた時、校長先生の推薦を貰い、成績表と申請書を提出すれば、新京にある師範学校に入学できるということが分かりました。既に男子生徒が一人、入学が決まったと聞いて、私は矢も楯もたまらず父に「新京の師範学校に行きたい」と頼みました。すると父は「お前は一番上だから、お母さんを手伝って弟や妹たちの面倒をみなければいけない」と言って、許してくれませんでした。

新京の師範学校に入るには、家を出て寮に入らなければなりませんでした。だからだったのでしょうか。「満州にだって女学校も大学もある」と言い、この時代にしては、教育に熱心だと思っていた父が、なぜ私の進学に反対するのか分かりませんでした。父の反対を押し切ることはできず、これで私の小さい頃からの、学校の先生か作家になりたいという夢は消えてなくなってしまいました。私の夢は父に潰されてしまったのだと、ずっと父を恨み続けました。卒業式に代表で答辞を読みましたが、涙が止まりませんでした。

雪が解けて四月になると、妹が国民学校の一年生になりました。戦況の悪化が伝えられてくるものの、子どもたちにとっては、空襲もないのんびりした毎日。妹は、セーラー服に赤いランドセルを背負って、楽しそうに通学をしていましたが、間もなく、日本は敗戦を迎え、妹の楽しいはずの学校生活は、一年生の一学期で終わってしまったのです。

開拓団の生活は、日本政府の宣伝とは全く違っていました。

土地は、日本政府が現地の人たちから取り上げ、開拓民に耕させていたのです。

憧れの赤い煉瓦の家は、団長や指導員などの幹部の人たちだけに限られ、一般の私たちには、現地の人たちの、泥と草を練って壁にした粗末な古い家が与えられたのでした。

衛生の環境も悪く、一年目の夏、村にアメーバ赤痢が流行し大勢の人が倒れました。診療所はありましたが、治す薬がありません。私もかかりましたが、なんと豚の骨を真っ黒に焼いて粉にしたものを飲まされ、不思議なことに治りました。

冬に入ると今度は麻疹が流行しました。私の家では生まれたばかりの弟がかかりましたが、何の治療も受けられず、短い命を落としました。父が枯れ木を集めて庭で荼毘に付しました。白い貝殻のようなお骨が残りました。

次の年には、たった一人の弟が、流行性脳膜炎に冒されてしまいました。

水枕も氷のうの水もたちまちお湯になってしまうような、四十度を超える高熱にうなされ、弟は、大きな声で譫言《うわごと》を言い続けていました。医者は来てくれたものの、注射を一本打っただけで帰って行きました。入院のできる病院など無かったのです。

数日して熱が下がり、弟は奇跡的に一命を取り留めましたが、聴覚に障害が残ってしまいました。

小学生だった弟の夢は、当時の男の子たちがみんなそうであるように、兵隊さんになることでした。わけても「七つ釦は桜に錨……」の予科練（海軍飛行予科練習生）に憧れていました。そんな一人息子に父は普段から「予科練になんかなったら、飛行機で飛んで行って死んでしまうんだぞ。そんなものに志願するんじゃない」と言っていました。

この病気で難聴になり、弟の夢は叶わなくなってしまいました。そして、この聴覚の障害は、その後の弟の人生をずっと苦しめることになったのですが、その時は、父母も私も、弟が死なないでよかったと胸を撫で下ろしたのでした。


とは言っても、開拓団での暮らしは、内地のように空襲に脅かされることもなく、いかにも大陸的な日々であったように思います。

満州は、広い荒野ばかりと思っていましたが、私たちの住む大営開拓団の村は、山に囲まれた肥沃な盆地にありました。一年目は共同生活でしたが、二年目からはいくつかの村に分散して自営生活をすることになり、私たちは八代部落へ移りました。

父は部落長に選ばれ、県庁などに行ったり来たりの仕事が忙しく、農作業は相変わらず現地の若者を雇って任せていました。私も学校のない時は、畑仕事を手伝わされていました。トウモロコシ畑の畝はどこまでも長く、時々昼寝をしているイノシシに出会うこともありました。

父は自力で新しい家を建てました。生涯そこに住み着くつもりだったのかもしれません。真新しい木の香りのする、大きくてどっしりした家でした。部屋には、オンドルやペチカがあって、冬でもシャツ一枚で過ごせるほどでした。窓は二重窓でしたが、冬の朝には、ガラスに美しい氷の花が咲いていました。冬は仕事もないので、家族みんなでアンペラに座って、覚えたてのギョウザを作ったり、イノシシ鍋を囲んだりの団欒を楽しみました。

父は猟が好きでしたから、犬に橇《そり》を引かせ近所の人たちと鉄砲撃ちに出かけました。すっぽりと防寒着に身を包んで行くのですが、帰って来ると、まつ毛と髭が真っ白に凍っているのです。捕ってきたイノシシは軒端に吊るして天然の冷凍にし、冬中のご馳走にするのでした。

お正月は、内地と同じように餅をつき、門松と日の丸の旗を立て、晴れ着でお祝いをしました。我が家には開拓の人たちが集まって夜遅くまでお酒を飲み、蓄音機をかけて日本の民謡や流行歌を歌い、日本を懐かしみ合っていました。私たち子どもも、歌留多や百人一首、福笑いや双六に興じました。

村には店などありませんでしたので、時々行商人がやって来ました。その中に、冬だけ朝鮮飴を売りに来る人がいました。日本で言えば富山の薬屋さんのように決まって同じ人が来るので、すっかり親しくなりました。

彼はやって来ると、家の上がり框《がまち》に腰かけて、箱の中からきな粉をまぶした大きな飴を取り出し、手の平に乗せたまま金槌でコンコンと叩き割って、天秤ばかりで量って売ってくれるのでした。

また、満州の野原はさながらお花畑でした。

春が来ると、先ず雪解けの枯草の下から福寿草の花が顔を出します。続いて桜草の花。夏になると野原一面に鈴蘭の花が、また紫のアヤメや朱色の百合の花。そして秋には、私の好きな桔梗や女郎花の花が野原を彩り、それはそれは美しい景色でした。

蕨やキノコなども、大陸的というのでしょうか、鎌を持って大車《ターチャー》で採りに行きました。

また、父に連れられてヒメマスを釣りに行ったこともありました。広い野原の尽きる辺り、松花江からの支流かと思われる清らかな流れがありました。岸辺には柳の木が茂り、その葉の蔭にヒメマスがたくさん潜んでいるのでした。バケツを持って行って、つかみ捕りもできるほどでした。

短い夏から秋にかけて、黒く肥えた大地の、果てしなく広がる畑には、作物が実りました。稲、麦、大豆、トウモロコシ、高粱……全部まとめての収穫です。開拓の人たちは、こればかりは政府の宣伝通りだと喜びに沸き、村総出で収穫に大わらわでした。

その光景を内地向けの雑誌にと、ハルピンから記者がやって来て、私は木綿の野良着姿で記者のカメラに収まりました。その写真が内地の雑誌に載ったかどうか、定かではありません。

けれど、この喜びは束の間のことでした。日本の戦況は日を追って険しさを伝えてくるようになり、遠く内地を離れた開拓団の生活にも不穏な空気が忍び寄って来ていたのでした。

大営開拓団収穫の秋、雑誌のモデルに

三　敗戦

一九四五年、昭和二十年八月十五日――

八代部落の開拓民はこの日、朝から総出で豊かに実った麦刈りをしていました。卒業後、父に言われた通り家事や農業を手伝っていた私も、大人たちに交じって麦刈りを手伝っていました。

戦況の厳しさは、一度日本へ帰った父から聞かされていたものの、空襲などないのどかな満州の夏の空は、高く青く澄みわたっていました。その上空を飛行機が一機、銀色に光りながら通り過ぎて行きました。満州で飛行機を見ることなどなかったので、不思議に思いました。大人たちは空を見上げながら、不安そうに話をしていました。後からそれは、ソ連の偵察機だったと知らされました。

翌日、父は本部から帰ってくるなり、悲痛な顔で言いました。

「戦争は終わった。日本は負けた」

日本は必ず勝つと教えられ、それを固く信じていた私は、すぐには信じることができませんでした。悔しくて涙が出ましたが、落ち着くと今度は不安が高波のように押し寄せて来ました。明日からどうなるのだろう、この遠い満州へ誰か助けに来てくれるのだろうかと、不安でたまりませんでした。

村の人たちも「匪賊《ひぞく》が襲って来るのでは」とか、「現地の人たちの仕返しがあるのでは」などと、心配そうに話していました。私の家では、その夜から、何が起きてもすぐに逃げられるように服のまま寝ることにしました。

その夜、不安と恐ろしさで眠れないでいると、どこからか銃声のような音が聞こえてきました。「起きろ」と言う父の声で飛び起きて外に出ると、部落の人たちもみんな集まって大騒ぎをしていました。見ると、西の空が真っ赤に燃えていました。「あれは、県庁の方だな」と父が言いました。私は恐ろしさに寒気が走り、膝がガクガクして立っていられず、震えながら父につかまっていました。

次の日、八代部落は騒然となりました。

「すぐハルピンに行こう。早く日本へ帰るんだ。まごまごしていたら殺されてしまうぞ」

そう言って迫る人たちに、部落長の父は冷静でした。

「敗戦国の国民が日本へ帰るには、両国の政府が話し合って、迎えの船が来なければ帰れないのだ。今、ハルピンまでどうやって行くんだ。歩いてしか行かれないんだ。そうしたら女や子どもは途中で倒れてしまう。必ず帰れる日が来る。待つんだ。その日までみんな助け合い、集結してその日を待とう。死ぬならみんな一緒に死のうじゃないか」

父の言葉を聞き、みんな頭を垂れて頷いていました。

次の日から、引き揚げの準備が始まりました。父は、現地の人たちを集めて、お金になる物は全てお金に換えていました。晴れ着はもちろん、蓄音機や雛人形なども、私の見ている前で人の手に渡っていきました。大切な本やアルバムも荷物になるので持っていかれません。母は、自分の着物をほどいてモンペの上下に作り替えたり、家族みんなの着る物をあれこれと整えていました。

そして、食糧や布団など必要な物を載せられるだけ積み込んで、八代部落は「三合屯《サンゴウトン》」という村に集結しました。そこで一年余り、引き揚げの日を待っていたのです。一致団結して混乱もなく、自殺者や餓死する者もなく引き揚げの日を待った八代部落は、北満の開拓団としては珍しいケースだったと言われていました。

こうして大営開拓団八代部落は、敗戦の翌年、昭和二十一年、日本へ引き揚げることができましたが、それまでに次から次へと恐ろしい事件が私たちの身辺で起こりました。

先ず、敗戦の翌日の夜のあの事件です。

県の特務機関長が、日本人の職員とその家族を機関銃で殺し、官舎に火を放って集団自決をしたということでした。その後も方々で起きた集団自決の話を耳にしましたが、私はあの夜の、火花を散らしながら真っ赤に燃え上がる空と鳴り響く銃声を忘れることができません。今も私の胸の中に深く残っています。

国が敗れるということは、なんと悲惨なことでしょう。日本人が日本人を、親が子を殺したのです。殺めた者も殺められた者も、どんな思いで逝ったのでしょう。

次は、敗戦後投降しない少数の関東軍の兵士が、現地人の村を襲い、村人を殺害し家畜を奪って山奥へ逃走したという事件です。

父の話では、怒った村人は県庁へ殺到し、付近の開拓団の日本人を殺して仇を討つと叫びました。その時、県知事は「十日待ってくれ。十日以内に敗残兵を捕えて処刑する。十日以内に捕まらない場合は、開拓団の幹部を身代わりに殺す」と、約束をしたとのことでした。

そのためか、部落長だった父は逮捕され、行方も生死も分からなくなってしまいました。何日かして釈放されて帰って来ましたが、見るかげもなくやつれて、目は落ちくぼみ、痩せ細った体は黒い痣だらけでした。

父の話によると、丸太の棒で殴られたり、息が止まりそうになるまで電気椅子に座らされたり、街中を引き回されたりしたそうです。そして「これは、もと、日本人が中国人に行った行為に対する刑罰だ」と言われたそうです。

山の中へ逃げた関東軍の兵士たちは、捕えられ銃殺されたと聞きました。

もう一つの事件は、父が釈放される前夜、我が家に起きたとても恐ろしかった事件です。その夜、父のいない我が家に強盗が入ったのです。黒い覆面をした三人組でした。母と弟は両手を後ろで縛られました。小さな妹たちは眠っていましたが、すぐ下の妹は気配に気付いて「ワーッ」と泣き声を上げました。すると強盗は「泣くな。騒ぐと殺すぞ」と短刀をちらつかせ脅かしました。私は必死で妹を抱きしめ、手の平で妹の口を押さえながら「もうこれが最後だ」と思って目をつむりました。

強盗たちが押し入れの中の荷物を短刀でぐさぐさと突き破っている音が聞こえていました。強盗たちは、お金と衣類を奪って出て行きました。幸い命は助かりましたが、後にも先にもこんなに恐ろしかったことはありませんでした。

冬になりもうすぐお正月という頃、父はどこから聞いてきたのか「もうすぐ八路軍（中国共産党の軍隊）が入ってくる。八路軍が入って来れば治安が良くなるから心配はいらない」と話していました。

ここで、当時の中国の軍隊について触れておきます。

一九四六年の一月、満州時代の保安隊が姿を消して、東北民主連軍（元抗日連軍）が北満一帯に進出してきました。

民主連軍というのは、八路軍の一部と抗日連軍とが合流して、後に、東北人民解放軍、中国人民解放軍第四野戦軍と呼ばれた軍隊のことです。

その民主連軍が、ある日、父が言った通り大営開拓団にもやって来ました。その中に日本人の兵士もいて、「民主連軍は人民の軍隊です。開拓団の皆さんを守りますから安心してください」と声をかけてくれました。その言葉を耳にして、私は「ああ、今日まで生きていてよかった」と心から思いました。

敗戦を経験して、戦争は如何なる戦争でも犠牲になるのは一般庶民であるということがよく分かりました。

一体、満蒙開拓団とは何だったのでしょう。

それは、一口で言うと、私の人生を変えた所です。

敗戦の翌年日本へ引き揚げて行った父は、中国に残された私の身を案じて、手紙を送ってきました。その中に「我々は政府に騙された。我々は戦争の犠牲者である」と書いてありました。

満州で重い脳膜炎にかかって聴覚を失ってしまった弟は、学校で習った漢詩を引用して「国破れて山河あり、城春にして草木深し……日本へ帰って来たら国も人の心も変わっていて、故郷の山河だけが変わらない姿で迎えてくれました」と綴っていました。

満蒙開拓団、それは、長い日本の国策としての戦争の生み出したものであり、私のみならず、そこにいた全ての人々の人生を変えたものだと思いました。

四　東北民主連軍

第二次世界大戦終了後間もなく、中国では共産党と国民党との間に内戦が勃発しました。「三年の解放戦争」と呼ばれています。共産党の主力部隊が民主連軍です。この民主連軍は、一九四八年に東北人民解放軍となり、後に中国人民解放軍第四野戦軍になりました。司令官はかの有名な林彪《リンピョウ》将軍でした。

その民主連軍から、大営開拓団に徴用令が来ました。内戦のため、護士（看護師のこと）を養成する学校を建てるので、開拓団から若い男女を徴用するとのことでした。部落長の父は、軍の命令に対して率先して自分の子を送り出さなければならない立場にありました。私にとっては、この徴用令こそが救いの神様でした。

私の家には、敗戦前から父を頼って来て居候している見知らぬ男がいました。私はその人をおじさんと呼んでいましたが、私より十七歳も年上で、日本には妻子がいると聞いていました。敗戦の混乱の中で、私はその男に結婚を強いられていました。父はそれを承諾していました。いつ日本へ帰れるか、明日の命がどうなるかも分からない状況の中で、家族を守るため、若い娘を守るためにその男の力を借りようと考えていたらしいのです。けれど私は、その男と結婚するくらいなら死んだほうがましだと思うくらい苦しんでいました。

丁度その時、徴用令が来たのです。父は立場上もあったでしょうが、私の苦しみを知っていたのか、民主連軍の護士学校へ入ることを許してくれました。敗戦国の若い娘がこの混乱の中で無事生きていくのは難しいことでした。

出発の日、迎えに来た馬車に乗る時、父は「後ろは揺れて危ないから、前の方へ乗るんだよ」と優しく声をかけてくれました。私はすぐ帰れるという軽い気持ちで志願したのですが、これが父の最後の言葉になってしまいました。一番私になついていたすぐ下の妹が「いやだ、姉ちゃん行っちゃいやだ！」と泣いてすがってきました。母は言葉もなくしょんぼりと城壁の外に立って見送ってくれました。

一九四六年、雪深い一月のことでした。私は十六歳の誕生日を過ごしたばかりで、弟が十四歳、その下に七歳と五歳と二歳になる妹たちがいました。その日の母の姿が今も忘れられません。

私は恐ろしい男から逃れられ、これからは勉強もできる、白衣の天使にもなれるという希望に燃えて元気に出発しました。雪や氷の道の行軍でしたが、少しも辛いとは思いませんでした。

二日後に到着した所は、浜県《ヒンケン》の「東北軍医大学附属病院」でした。そこはハルピンの元軍医学校を民主連軍が接収したばかりで、日本人の先生や看護婦さんたちが残っていました。開拓団から徴用されてきた私たちは、その学校の生徒になるはずでしたが、学校らしいものは何もありませんでした。

私たちは「護士生」と呼ばれ、昼は病棟で働き、夜は日本人の先生や日本の軍医大学を卒業したばかりの若い中国人の先生の講義を受けました。

マイナス三十度に近い季節、火の気のない病室に、発疹チフスで高熱を出している傷病兵が、藁《わら》を編んで作ったマットの上で苦しんでいました。私たち護士生は、その兵士たちを介護しながら、注射やガーゼ交換などの技術を学び、やがて私は正式護士の資格を取ることができました。

そこでの生活は完全な軍隊式で、朝六時起床、勤務は二十四時間交替制、土曜日も日曜日もありませんでした。

最初は給料もなく、女性だけに生理用品を買う少しばかりの手当てがありました。食事は一日に二食、朝は高粱《コウリャン》のおかゆ、午後は固い高粱のご飯。副食は大体一品で、大根の漬け物か大豆のもやし。豆腐があればご馳走でした。高粱のご飯は固くて喉を通らず、涙が出てきました。夜は温かくないオンドルの上に、防寒服を着たままみんなで肩を寄せ合って寝ました。肺結核や結核性脳膜炎、腹膜炎などの病気で亡くなっていく人もいました。

やがて私たちは民主連軍の一員となり、軍服を支給され、「日籍同志」「国際戦友」と呼ばれるようになりました。

政治教育も始まり、マルクスレーニン主義や毛沢東の著作などの学習会が行われました。

当時の指導者は「我々は蒋介石とその政府を打倒し、地主制度をなくし、民主、自由、平等な新しい中国を建設するのだ」と言い、日本に対しては「日本帝国主義者は、中日両国人民の共通の敵である」「日本が中国を侵略したのは、日本の軍国主義者がやったのだ。我々は、日本人民と日本軍国主義者とを区別している。日本人民も中国人民も戦争の犠牲者である」と言っていました。

また彼らは「日本人民は中国人民の友だちである」とも言い、私たち敗戦国の国民に寛大で友好的でした。ですから最初反抗していた人たちもだんだん感化され、日本へ帰国して、日本共産党に入党した人も少なくなかったと聞きました。

ここで私は、日本語の上手な若い軍医に出会いました。

彼は私に「中国近代史」「大衆哲学」という本を貸してくれて、私のこれまでの話も聞いてくれました。彼は言いました。

「君はお父さんを憎まないで、戦争を憎みなさい」

私はその言葉を聞いて、目が覚めたように思いました。その軍医はプーシキンや石川啄木の歌集を持っていて、私に貸してくれました。まさかこんな所で日本の啄木の歌集に会えるなんて思ってもいませんでしたので、私は夢中で読みました。

啄木の歌は日本語で書かれていたので、懐かしく、読みやすく、分かりやすく心を打ちました。好きな歌の一つ一つを一生懸命暗記しました。今でもその時に暗記した歌をいくつか覚えています。覚えているままに——

働けど働けどなおわがくらし
楽にならざり　じっと手を見る

たわむれに母を背負いて
そのあまり軽きに泣きて　三歩あゆまず

ふるさとの山に向いて　言うことなし
ふるさとの山はありがたきかな

これらの歌は、過ぎし日の父母や故郷の山河にぴったり重なるものでした。まだ十六歳だった少女の私は、次の歌が大好きでした。

東海の小島の磯の白砂に
われ泣きぬれて　蟹とたわむる

砂山の砂に腹這い
初恋の　いたみを遠くおもい出づる日

このように、東北軍医大学附属病院での毎日は、生活も仕事も厳しいものでしたが、不思議なくらい、当時は民族の隔たりもなく、和やかな青春の日々でした。

春が訪れ、内戦が日増しに厳しい段階に突入した頃、私は野戦病院に配属され、浜県を後にして、拉林《ラリン》、阿城《アジョウ》、双城《ソウジョウ》の野戦病院で、前戦から下って来る傷兵の介護に当たりました。民主連軍が一時撤退した時期には、船で松花江を渡り、中ソ国境の町富錦《フウキン》の後方病院に待機していたこともありました。

一九四七年の夏、民主連軍が大反攻を始めた頃には、激戦を繰り広げた四平《シヘイ》の前戦から、血まみれの繃帯を付けて下ってくる傷兵を処置して、後方へ送る野戦病院に勤務していました。

四平戦は民主連軍の勝利で終わりを告げました。国民党の軍隊は敗走し、民主連軍は北京、南京へと進出し、さらに海南島まで進んで行きました。この戦いの中で、多くの日本人が模範工作者、功労者に選ばれ表彰されました。

三年の内戦は共産党が全面的な勝利を勝ち取り、中華人民共和国が成立しました。民主連軍は、一九四九年三月、中国人民解放軍第四野戦軍となりました。

日本の敗戦後徴用され、民主連軍の病院や軍事工場、鉄道部門などで、中国人と共に、新中国のために力を尽くしてきた日本人は二万人以上いたと聞いています。その人たちは、長い年月を経てようやく一九五三年から一九五八年にかけて日本へ帰れるようになりました。その殆どの人たちは軍関係の仕事をしていたので、先ずは軍籍から離れ、服装費が支給されました。みんな洋服やスーツケースを買ったりして、いそいそと帰国の手続きをしていました。私も除隊し、これで日本へ帰れると思って仕度を始めましたが、いろいろ複雑な事情ですぐに帰国できない人たちがいて、その世話役をしなければならなくなり、中国に残留することになってしまいました。

帰国して行った人たちは、日本での新しい生活を築き上げるために、また苦労をしたと聞いていています。私の親友黒部有喜子さんは、帰国してから「日中友好平和会」の理事として、日中の架け橋となって活躍をしていましたが、今は亡き人です。

この時、私が日本へ帰る機会を逃し、今日に至るまで中国に残ることになったのは、「赤い糸」に引かれた、私の運命だったと思っています。

民主連軍の仲間たち
（後列左 黒部有喜子さん、前列中央 著者）

五　〝反右派〟と〝大躍進〟

新中国の成立後、私は東北から北京へ転勤し、軍区の指導下にあった「月刊社」で翻訳の仕事をすることになりました。十六歳で家を出てから五年の月日が流れ、二十一歳になっていました。

私は中国の戦時中、護士の資格を取りましたが、肺結核にかかり病院の仕事は無理ということで、統計の仕事を二年ほどしたことがありました。まさか翻訳の仕事ができるとは夢にも思っていませんでしたので、とても嬉しく思いました。

月刊社というのは、『衛生月刊』という日本人向けの総合雑誌を出している出版社でした。上司が中国の新聞や雑誌から選んだ記事を、翻訳したり校正するのが私の仕事でした。これまでとは全く違う新しい仕事の中で、いろいろな知識を学ぶことができ、私はこの仕事がとても好きでした。

けれど、私はここで人生初めての対人関係の辛さを体験することになりました。この職場の人たちは全員が日本人で、それはそれで嬉しかったのですが、彼らは、中日戦争中、反戦同盟に加入していた左傾的な人たちばかりでした。それで、民主連軍に所属していた私は、何かと誤解されたり批判されたりしたのですが、そんな時、私には返す言葉もなく悔しい思いを噛みしめていました。そして、自分がいかに世間知らずで、未熟者だったかということに気付きました。

それから間もなく、私は日本への帰国を考え、軍を除隊して河南省の地方病院へ転勤しました。その病院に沖山先生がいらっしゃったのです。そして私はここで、夫となる人と運命的な出会いをし、結婚をしました。二十四歳の時でした。子どもも授かり、これからは平和で自由な生活が送れると考えていましたが、世の中はそんなに甘くはありませんでした。次から次へと大規模な政治運動の波が押し寄せてきたのでした。

一九五七年のことです。

〝反右派〟（右派狩り）という政治運動が全国に広まりました。国の政策や指導者に対して批判的な言論を発表したり大字報（壁新聞）を書いた人は、全て〝右派〟のレッテルを貼られ、批判され、処分を受けました。その人たちの中には、屈辱に耐えかねて自殺する人や、離婚に追いつめられた人もいました。

そして、この時〝右派〟とされた人たちは後の〝文化大革命〟の時、再度叩かれました。文化大革命が終わってからやっと名誉が回復されたのですが、それまでになんと三十年以上の月日が流れていたのです。

続いて一九五八年、〝百日苦戦して共産主義社会を実現しよう〟というスローガンの下に〝大躍進〟が始まりました。

搾取のない平等な集団生活へと、先ず全ての私有制を廃除する「人民公社」が農村に生まれました。かつての土地改革で土地を得た農民が「人民公社」の社員になり、土地は集団所有制に変わりました。「人民公社」には「公共食堂」が置かれ、そこでは無償で食事ができるようになりました。「人民公社」は都会にも波及し、生活状態は一変しました。

その頃、我が家には子どもが二人いて、「お子守りさん」を雇っていたのですが、人を雇うということは搾取とみなされ、雇うことができなくなりました。それで、三歳の長女は幼稚園へ入れ、土曜日に家へ、一歳の次女は私が勤めている病院の保育室に預けて退勤時に連れて帰るようになりました。子どもたちは慣れない集団生活を嫌がり、送り出す度に泣いて困りました。私もまた迎えに行く時間が遅くなることもあり、親としても切ない思いをしました。

また、政府は「工業化」を目指し、錬鉄の生産量を高めるために多くの人々を動員して鉱石を掘りに山へ入らせました。

私も職場の割り当てで、鉱石掘りに山へ送り込まれたことがありました。そこには方々から病院関係の人たちが集まっていました。

山といってもごく普通の小さな山で、鉱石を掘るための坑道もなく、山の中をいくら探し回っても、ひとかけらの鉱石も見つかりませんでした。私たちは終日ぶらぶら遊び、「人民公社」の「公共食堂」でご飯を食べ、一週間後には帰されてきました。一体どういうことだったのでしょうか。まるでキツネにつままれたような出来事でした。

政府は、この鉱石掘りの他に鉄製品の供出を課しました。

一般家庭からは鍋や釜を、農村では、鍬や鋤などの農機具まで供出させられました。台所からお鍋やお釜が消えてなくなってしまったので、人々はみな「公共食堂」で食事をとることになりました。

私の病院でも職員の家族みんな、小さい子どもからお年寄りまで病院の大食堂で食事するようになったため食堂はごった返し、大騒ぎでした。

このような状態に、一般の庶民も不満を抱くようになりました。その時、私はある本で読んだレーニンの理論を思い出しました。「共産主義とは、プロレタリア独裁と電気化である」と書いてあったように思います。

工業化、電気化にほど遠い、今のような家電製品など何一つない時代でした。〝大躍進〟の政策に反対した幹部は、〝右傾機会主義者〟と批判されて失脚しました。しかし、事実は間違いとして証明され、〝大躍進〟も〝人民公社〟も失敗に終わり、過ぎ去った歴史の一ページとなりました。

その頃の中国の国の政策は、私には分かりにくく理解できませんでした。したがって、以上述べてきましたことは、私がただ一人の人間として、小さな空間から見た一部の出来事に過ぎません。

六　文化大革命

「大躍進」の後、一九六六年から十年間に亘って中国全土で展開された「文化大革命」は一九七六年の毛沢東の死後、「四人組」を逮捕して終止符を打ちました。その間の大混乱は、私の拙いペンでは到底書き尽くすことはできません。私の知る限りのこと、そして私の体験したことのみを書くことにします。

文化大革命は、先ず最高指導者の大字報（壁新聞）〝党内のブルジョア階級の司令部を砲撃せよ〟から始まり、共産党、各政府部門、軍隊の高級幹部や科学者、芸術家、著名人が〝資本主義の道を歩む権力者〟として摘発されました。

群衆は、造反派と、それに対立する保守派の二派に分かれ、口論から武力闘争にまで発展し、死傷者も出ました。

矛先はますます拡大して、地主、資産家出身者、元国民党員、右派、知識人、外国に内通する者などに向けられました。

工場の生産は停止状態に陥り、大学は殆ど休校になりました。

造反派の学生たちは、赤い紅衛兵の腕章を付けて、〝四旧打破〟（古い文化、思想、風俗、習慣）を叫び、全国を歩き回り、名勝古跡の文化財を腐朽したものとして潰しました。

私は、〝外国に内通する者〟になりました。「お前は日本のスパイだ」と書いた大字報が病院内に貼り出されました。私は、かつて日本語を教えたこともありました。上司の指示で『人民日報』の切り抜きをしたこともありました。それらのことが全て、スパイ行為だと言われたのです。

さらに「お前の父親は、満州時代の刑務所の所長だ。両手は中国人民の鮮血で染まっている」という全くデッチ上げの大字報も現れました。

深夜、造反派が来て家宅捜査もされました。彼らは、寝ている子どもを起こして、ベッドをひっくり返して何か証拠になる物を探そうとしていました。

そんなことをしても怪しい物が出てくるはずがありません。私は民主連軍に徴用されて家を出る時、着の身着のまま何も持たず殆ど手ぶらで出かけてきました。それから七年に近い軍隊生活を終えて除隊し、地方の病院へ転勤した時、軍服二着と布団一枚、毛布一枚が、私の全財産でした。除隊して一月目のお給料を手にして先ず買った物はゴム長、洗面器と懐中電灯で、私はそれを「三種の神器」と呼んで大切にしていました。ですから、こんな我が家にスパイの証拠になるような道具があるわけがないでしょう。

夫はその夜、当直で家にいませんでした。幼稚園から帰っていた娘が無邪気な声で「なにを探してるの？　なにかあった？」と聞いたものですから、造反派は苦笑いしながら引き揚げて行きました。

そんなことがあっても生まれつき勝気な私は、負けてはいませんでした。

「デッチ上げの罪は、断固として認めない」という声明文を書いて、病院の入口に貼り付けました。保守派の人たちはみんな私を守ってくれました。造反派の中にも、同情して慰めてくれる人がいました。

大字報の他に、個人の言動をチェックする「批闘会」というのがあって、私は、一度その会議に呼び出され、造反派の学生に吊るし上げられたことがありました。

学生たちは強い口調で「立ってろ。お前は香港から来たスパイだ。それにお前の父親は大地主だ」などと追及してきました。私はこの時もはっきりと答えました。「私は香港から来たのではない。北京から来た者である。それに父親は地主ではない。全て調べれば分かることである」と。

批闘会での激しい追及や批判に耐えられず自殺をした人が、私の周りにもいましたが、私は、どんなに追及されようが批判されようが、自殺をしようなどとは、一度も考えたことがありませんでした。いざという時には、何にも負けない強い力が湧いてきました。

ところで、文化大革命のこのような日常の中、私には二つの得難い収穫がありました。タイプライターとミシンの習得です。

タイプライターは、職場のタイピストがお産で休職した時のことです。代わりにタイプを打つ仕事が、私に回ってきました。それまで私はタイプライターというものに触れたこともありませんでしたので、とにかく猛勉強、猛練習を重ねて、タイプを打つことができるようになり、「ヤッター」という思いでした。

もう一つはミシンです。

ある時、造反派の人たちが、私の執務する事務室へ、ドラを叩きながらずかずかと入って来て、責任をもって保管していた大事な文書やゴム印など全てを説明もなく持ち去って行ってしまったのです。まるで「お前はここで仕事をするな」と言われたような出来事でした。

当時の私には、どういうことか分かりませんでしたが、今になってある人から「事務局のゴム印や文書の保管、管理という重責のポストにあったあなたは、高級幹部、つまり権力者の一人として、奪権派の摘発の対象になったのだと思うわ」と言われました。

ともあれ、仕事のなくなってしまった私は、仕方なく病院の洗濯場に行きました。そこに保守派の年輩の女性たちが働いていて、「いつまでもここにいていいよ、私たちが守ってあげる」と言ってくれました。そうして彼女たちは、シーツや枕カバーを洗ったり縫ったりしながら、私にミシンの使い方を教えてくれたのです。

ミシンが使えるようになると、私は、夫が買ってきてくれたミシンで娘たちのスカートやパンツを縫いました。ミシンのカタカタという音が楽しく、ミシンを踏んでいると、不思議と日頃の大変なことを忘れて、穏やかな気持ちになるのでした。

ミシンのおかげで、子どもたちにとっても、私自身にとっても、最も母親らしく過ごせた時期だったように思います。

その後、上司の命令で病暗室勤務になり、ここではレントゲン写真やカルテの整理、保管などの仕事をしました。

ところが、一九六九年、勤めていたこの病院が閉鎖することになりました。

この病院のソ連式W型の病棟は、ソ連の援助を受けて建築された建物で、ソ連との緊張関係が深まってきたのを理由に閉鎖になったとのことです。けれど当時、私たちは理由など知る由もなく、ただ上からの命令で、みんな地方の病院へ移されることになりました。

この時、夫は胸部外科医として高く評価され、必要とされていたため、地方に移されず、胸部外科主任として河南省人民病院へ異動になりました。そのおかげで私もまた、同じ病院で事務職員として勤めることができるようになりました。

そこで私は、思いがけない人と涙の再会をしたのです。

その人は厳《ゲン》さんといって、東北民主連軍にいたことがあったというのです。厳さんは私の肩を叩いて、「おう、君、君は私の古い戦友だよ」と言ってくれたのです。

私のように、敗戦後、東北民主連軍に徴用されて、中国のために苦労して闘ったという記録は、なぜか残っていませんでした。二万人以上いたというそのような人たちは、既に日本へ帰っていたり、亡くなっていたりで、当時の苦労を知っている人に出会うということは、全くありませんでした。

厳さんの「君は、私の古い戦友だ」という懐かしい温かい言葉に、当時を思い出して胸がいっぱいになりました。

「文化大革命」も「大躍進」と同様、長引くにつれて多くの人々が疑問を抱くようになり、早く終わってほしいと思うようになりました。やがて、文化大革命の誤りが明らかになり、終わりを告げました。『人民日報』も文化大革命の誤りを大々的に報道し、中国人民は〝二度目の解放〟と喜びました。

今、私の手元に上海辞書出版社の『簡明社会科学詞典』があります。その辞典には「文化大革命」について詳しく説明してあります。その一部を意訳します。

文化大革命とは、国の指導者が誤って引き起こし、反革命集団に利用され、党、国家と各民族人民に、建国以来最大の挫折と損害をもたらしたものである。如何なる意義での革命でも進歩でもなく、あり得ないものである……

非常に簡潔で、正しい結論だと思います。

全ての冤罪は矯正され、名誉が回復されて、平和な生活に戻りました。私は上司から「元造反派の×××に対して、何か文句を言いたいことがあったら言いなさい」と言われましたが、即座に「何も言うことはありません」と答えました。

なぜなら、文化大革命の中で起きたさまざまな出来事は、どんなに名誉が傷つけられたことであっても、それは国がもたらしたものであって、個人的な問題ではないと理解していたからです。もう五十年以上も前のことです。私に個人的な遺恨はありません。

七　初めての里帰り

一九七二年九月、田中角栄首相が中国を訪れ、日中国交が正常化しました。中国に残留している日本人にとって、最も喜ばしいことでした。

それ以来、私は田中先生を尊敬し、今でも『田中角栄１００の言葉』という著書を愛読しています。田中先生は、優れた決断力で偉大な事業を成し遂げた最高の宰相であり、人間として立派な方だと崇拝しています。

文化大革命が終わりに近づく一九七五年八月十五日、私は末娘を連れ、国費で初めて里帰りをすることができました。奇しくもその日は終戦記念日三十周年の日でした。十二歳で日本を離れ、三十三年の月日が流れ去り、私は四十五歳のおばさんになって帰って来たのです。

北京から羽田空港へ向かう途中、機内放送があり、窓から富士山が見えた時、みんな一斉に歓声を上げました。私は、ああ、やっと日本に帰って来たのだという思いで、胸が

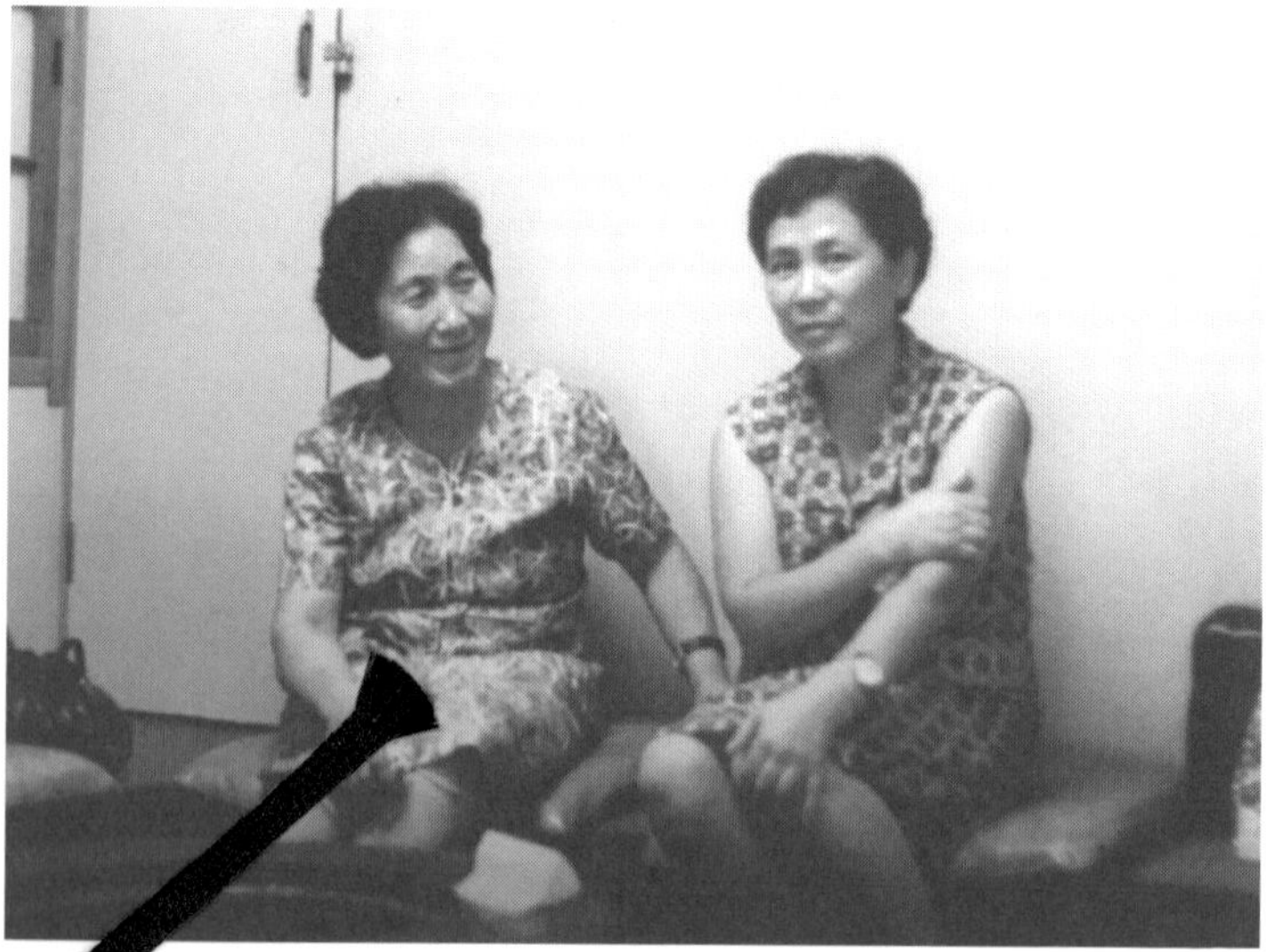

再会を喜ぶ母と

五歳になっていました。涙に濡れた顔の、深く刻まれた皺の中に、それまでの苦労が偲ばれました。

お互い戸惑いがちで会話も弾みませんでしたので、先ず私からぽつぽつと、満州で別れた後のことを話していくことにしました。

私の、中国での長い長い話が終わると、母は涙を拭きながら「藤子も苦労したね。あの時お父さんは、藤子を連れて帰りたかったんだよ。でもね、道中、若い娘に何があるか分からない。だからね、お父さんは……」と言ってまた泣くのでした。

「でも、満州に残って幸せだったよ。結婚してこんな可愛い娘までいて、よかった。私らが引き揚げて来た頃は、誰も彼もみんな貧乏で、引き揚げ者なんか助けてくれる人はいなかった。お父さんの親戚の人たちからも厄介払いで、仕方なく栃木県の開拓団に入植した。そこは、掘っても掘っても水が湧かない山地で、お父さんと治郎（私の弟）は、井戸を掘り、雑木林を開墾した。かわいそうに治郎は学校へも行かせてやれず、独りで通信教育の勉強をしていた。そうして農閑期には東京へ出稼ぎに行って、現金を稼いできてくれた……」と、また涙を拭うのでした。

すぐ下の妹も引き揚げの時の様子を話してくれました。長い長い話でした。

引き揚げが決まった時、私はお釜を入れたリュックを背負わされた。ある時はぬかるんだ道を馬車に揺られ、ある時はかんかん照りの線路を歩き、靴は破れ、お釜の縁は肩に食い込んで痛かった。父は団長だったのでいつも列の先頭にいて、家族一緒になるのは夜の宿舎でだけで、とても不安だった。

私は兄に手を引かれて歩いた。母は一歳になったばかりの妹をおぶい、五歳の妹の手を引いて歩かせ、いつも最後尾から遅れて来るのだった。道中、現地の中国人に「タイタイ、クーニャンを置いて行きなさいよ」と、よく声をかけられたと言っていた。

すし詰めの無蓋貨車に乗せられたこともあった。大人に挟まれて立ち通しだった。

雨が降ってきてシートを掛けたものの、雨粒は入り込むし、人いきれはするしで、あちこちで赤ん坊が泣き出した。気の立った男たちが「うるさい、捨てろ」と叫んでいた。これ以上赤ん坊を連れては行けないと思ってか、本当に、泣き止まない赤ん坊を走る列車の外に放り出す母親もいた。私の母はその時「泣くんじゃないよ。泣いたら置いて行くからね」と言った。二人の妹はぐったりして泣く声すら上げられないようだった。私はじっと我慢していた。それからというもの日本へ帰り着くまで、私は決して泣かなかった。

野宿をしたこともあった。私が背負ってきたお釜でご飯を炊いた。高粱のお粥だったが美味しかった。父と母は、私たちの食べた残りを食べていた。隣の家族は、親が先に食べていた。土の上に、星を見ながら寝た。狼が来るからと、大人たちは寝ずに火を燃やしていた。

葫蘆《コロ》島に着いて船に乗った。大きな軍艦のような船だった。配られた食べ物は虫の入った乾パンだった。博多に着いたが下船できず、しばらくの間、沖に停泊していた。私と妹は時々甲板に出て遊んだ。艦長さんがニコニコ声をかけてくれて、乾パンをくれた。虫の入っていない、それはそれは美味しい乾パンだった。船の暮らしの中で、子どもやお年寄りが亡くなった。お坊さんが甲板でお経を上げて海に葬った。

ようやく船を下りる時が来た。ＤＤＴ（かつて使われていた殺虫剤＝農薬）を頭から首からかけられ、真っ白になって、引き揚げ列車に乗せられた。汽車はすし詰めの引き揚げ者を乗せて、昼も夜も煙を吐いて走っていた。

上野駅を経て甲府に着いた。県庁の広場で、大人たちは地面に額をつけて泣いていた。みんな着のみ着のままの垢だらけだった。途中、家族を失った人たちが大勢いたが、私のうちは一人も死なないで帰って来られた。両親の苦労は計り知れない。

その後、先ず父の弟夫婦が住んでいる川田の実家に居候したが、厄介払いをされた……。

妹の話は、その後もまだまだ続いていました。聞くも涙、語るも涙。この戦争でみんな苦労をしたのだと思いました。

私が里帰りをした頃は、国交が正常化したばかりで、世の中全般、日中友好ムードが高まっている時期でした。親戚も友人も、そして市役所もみんな温かく受け入れてくださり、大変お世話になりました。

わけても忘れられないのは、大宮市役所で、記念品として腕時計をいただき、その上、秦市長さんから、ご自分がお書きになったという『訪中回想録』というご本をいただいた時のことです。市長さんはその時、私に「もう一度、中国へ行きたいですね。その節はよろしく」とおっしゃいました。私のような一般人が中国で市長とお会いすることなどあり得ないのですが、私が里帰りをした当時は、そんなことを言っていただけるような世の中の雰囲気でした。

日本の、自由で友好的な雰囲気に大変感激したのを覚えています。

里帰りの間、各々の妹たちの家で世話になりながら、日光や関西など日本の名勝地へ旅行に連れて行ってもらいました。

故里の山梨へ行って、先祖のお墓参りもしました。その折、昔の我が家に寄ってみましたが、既に代替わりをしていて、私の知らない人たちが住んでいました。父がよく手入れをしていたあの杉の生垣は、ぼうぼうに伸び放題で、昔の面影はなく哀れな姿をしていました。中国の詩に「――年年歳歳花相似　歳歳年年人不同――」とありますが、故里の家は人も花も変わり果てていて、胸が詰まりました。長い長い年月が流れ去っていったのだと、しみじみと思いました。

その日は、幼い頃、両親に連れられて行ったことのある湯村温泉に泊まりました。昇仙峡を歩き、ゆっくりと温泉に浸かり、日本にいることを実感しました。

翌日は、勝沼の親戚の家でぶどう狩りを楽しみ、故里の郷土料理のおホウトウをいただき、昔を懐かしみました。帰りがけに駅のホームから見た夕焼け空とぶどうの丘が、今も美しく瞼に残っています。

後日、大営国民学校時代の同級生たちが、わざわざ私のために同窓会を開いてくれました。お酒が入ると思い出話に花が咲き、賑やかになりました。「昔ね、君が可愛いかったから、いじめてみたかったんだ。悪かった」と詫びる男性がいて、みんなで大笑いをしました。見ると、昔の憎まれ小僧たちもみんないいオヤジになっていました。

また、元東北民主連軍で働いていた友人たちも、電話をかけてきてくれました。みんな中国を懐かしがり、一度行ってみたいと言っていました。中には、電話の向こうから大きな声で、中国の国歌「義勇軍行進曲」を歌ってくれた人もいました。

この里帰り中、娘はおばあちゃんの作る日本の家庭料理にも馴染み、妹の勤める学校に一日留学をしたりして、日本の自由な雰囲気に魅力を感じているようでした。まだ中学一年生になったばかりでしたが、将来必ず日本へ留学するという大きな希望を抱くようになりました。

帰国後、娘は日本語の勉強を始め、中国で大学を卒業すると、神戸大学の大学院に留学、遂に希望を叶えることができました。

私が子どもの頃は、夢があっても実力があっても、自分の思うようにはいかない時代でしたが、今は努力さえすれば夢が実現するのです。

娘の夢が叶って、里帰りに連れてきて良かったと思いました。

さて、五ヶ月余り日本で暮らして、日本は戦前よりずっと豊かになり、自由で文化的な住みやすい国になったと思いました。でもその半面、失業や子どもの教育、老後の生活などで苦しんでいる人たちもいるということが、少しずつ分かってきました。どの社会にも、良いところもあれば悪いところもある、日本で暮らすのも中国で暮らすのも容易ではないと思いました。

日本でのお正月を母や妹たちと祝い、帰国の日が近づいた頃、市役所の職員から聞かれました。「日本に永住する気はありませんか。手続きは簡単にできますよ」と。私は即座に「いいえ、中国へ帰ります」と答えました。

私は中国で子どもから大人へと成長し、家庭も築きました。貧しいながらも安定した仕事と生活があり、愛する夫と二人の娘が、私の帰りを待っています。いくら日本が良くても、中国へ戻らないという選択肢は全くありませんでした。これからは、中国と日本を自由に行き来できる日が必ず来ると信じていました。

「さよなら、お母さん。また会える日まで元気でいてください」
「おばあちゃん、さよなら。元気でね」

娘と二人、母の涙に送られて、帰国団と一緒に羽田空港を発ちました。北京の空港に、夫が迎えに来ていました。

夫は、私が必ず帰って来ると信じていました。久しぶりに会う父親に、娘の笑顔が広がっていました。

その後、河南人民出版社の依頼で『里帰り雑記』を書いて出版されました。

八　永住帰国

文化大革命の大混乱が終わり、中国にもやっと静かな日が訪れてきました。

鄧小平の〝改革開放政策〟以来、中国も徐々に豊かな時代になりました。テレビや冷蔵庫、洗濯機など電化製品が普及してきました。十年間閉ざされていた大学受験も復活し、私の娘たちも高等教育を受けて、それぞれ好きな仕事に就けるようになりました。

街の映画館では、日本の映画が上映されるようになりました。中でも高倉健さん主演の『君よ憤怒の河を渉れ』『幸福の黄色いハンカチ』『遙かなる山の呼び声』がものすごい人気でした。高倉健さんは、優れた演技力、表現力で中国の人々を魅了し、日中友好に大きく貢献した方だと思います。面白い話ですが、北京の女子大生に〝理想の男性〟についてアンケートした結果、〝高倉健〟と答えた人が一番多かったそうです。その他、山口百恵さんの『赤い疑惑』やアニメ『一休さん』も大好評でした。

政治家、実業家、芸術家、民間の旅行団など、多くの日本人が中国へ訪れて来るようになりました。

私が住んでいる鄭州市と浦和市が友好都市に結ばれ、浦和市から訪中団がやって来ました。盛大なレセプションに私も招待され、訪中団の方々と一緒に『故郷《ふるさと》』を合唱しました。

小学校で習った懐かしい歌です。日本の故郷の景色や父母の姿が目に浮かび、歌いながら声が詰まりました。

このような時代の波に沿って、日本政府も中国残留者に対する政策を開始しました。東北地方には、戦後、親に捨てられた孤児や生きるために中国の農民と結婚し、そのまま残留した婦人たちが大勢いました。そのような人たちの日本への永住を希望する者に対して、帰国旅費、帰国後の生活や就職を支援するという内容です。

当時、私は河南省医学情報研究所の管理職に就いていました。けれど、学歴もなく専門知識もない私に、その職務は大変な重荷でしたので、早めに定年退職の手続きをして、自宅で翻訳の仕事をしていました。

そんな時、自分もだんだん年を取ってくるので、この辺で日本へ永住帰国をしようかと考えるようになりました。夫のことを考えると悩みましたが、思い切って話してみましたら、夫は「もしまた文化大革命のようなことが起きたら、あなたはまた前のような大変なことになる。あの時は若かったから乗り切れたけど、これからは年を取っていく。それに、あなたはやはり日本が恋しいでしょう。娘たちも大きくなっているから、心配ない。日本に永住といっても、家族が離れればなれになるわけではない。日本への永住手続きをしておきなさい」と背中を押してくれました。

ちょうどこの時、末の娘は日本の大学に留学中だったので、私の日本永住に大賛成でした。私は、日本に永住といっても、日中二つの国の間を行ったり来たりして暮らせばいいのではないかと、軽い気持ちで永住手続きをしました。

一九九〇年十二月、「行ってらっしゃい」と明るく送ってくれた夫を残して、一人中国を離れました。六十歳の時でした。

日本に着くと、東京の妹が身元保証人でしたので、東京都の常盤寮という施設に入居しました。帰国してきた残留孤児や残留婦人たちは、ここで六ヶ月間、日本語を学び、職業指導を受けてから都営住宅へ入居し、自立していくのでした。

施設はよく整備されていて、都庁から任命された都職員と日本語の先生方が指導に当たっていました。そこには、経歴も価値観も生活習慣も異なる、殆ど日本語の分からない人たちが集まっていましたから、何かと揉め事が絶えませんでした。ある先生がおっしゃいました。

「ここはね、中国の縮図なんですよ」

私は一日も早くこの施設を出て、就職しなければならないと考えていました。六十歳以上の高齢者には就職指導は行われていませんでしたが、私には働く自信がありました。働かずに生活保護で暮らしていくつもりはありませんでした。どこで何をするか真剣に考えました。所長さんに相談しますと、所長さんは「大事なことを決める時は、十年先のことを考えて決めなさい。目先のことにとらわれないように」とアドバイスしてくださいました。

　東京で就職する話もありましたが、東京の妹にも家庭や仕事があるので頼るわけにはいかない。それより、関西には留学中の娘と民主連軍時代の親友がいて頼りになる。今東京で就職し、十年後よぼよぼになってから頼っていくより、元気な今のうちに頼っていくべきだと考え、関西へ行って仕事を探すことに決めました。

　大阪で府営住宅の申請を済ませ、早速職安に行きました。シルバー紹介所にも行ってみましたが、適当な仕事はありませんでした。そこで、大阪市に残留孤児支援センターというのがあると聞いて、訪ねてみました。

　年輩の男性職員の方が、話をよく聞いてくださいました。「日本語を教えるのと、通訳の仕事と、どっちがいいかな?」と聞かれましたので「できれば通訳の仕事をしたいです」と答えました。すると、その場で大阪府福祉課に連絡してくださり、大阪府の委嘱で残留孤児の通訳と生活指導員になることが決まりました。

　さらに、堺市泉北福祉事務所に、非常勤職員として採用していただきました。残留孤児の生活保護の申請、就労指導、保育所や小学校の父兄会、通院、入院、家庭訪問等での通訳です。微力ながら、ケースワーカーのお手伝いもさせていただきました。月給もあり、国民年金、国民医療保険（国民健康保険）にも加入することができ、本当に私は幸運だと思いました。

人間は、良いことがあると元気になり、気力も体力も旺盛になるものです。週四日の通勤は少しも苦になりませんでした。この職場は、私の長い職業生活の中で、最もやり甲斐のある楽しい職場でした。所長さんやケースワーカーの皆さんにとても親切にしていただき、心から感謝しております。

この間《かん》二年近くかかりましたが、日本国籍も認められ、生活も安定し、娘や親戚にさして迷惑もかけずに済み、日本へ帰ってきて本当に良かったと胸を撫で下ろしました。

けれど、世の中は複雑です。仕事の中でいろいろトラブルもありました。

中国残留者といっても、それぞれ状況は違います。真面目で優秀な人もいれば、かなり厳しい指導をしなければならない若者もいました。中には「あんたも同じ中国から帰って来たんだろう。オレたちの立場に立ってものを言ってくれ」という電話をかけてきた人もいました。そういう時、私は「私の立場は、両方の話、内容を忠実に通訳することです」ときっぱり答えましたが、私の立場や思いが相手に伝わらず、悲しく辛い思いをしました。

一方で、この人たちは私と違って、日本へ帰って来ても言葉も分からず、頼る人もなく慣

思い出深き北海道旅行　富良野にて

れない生活にストレスがいっぱいなのだろうと、気の毒に思いました。

堺市での非常勤は、期限や年齢に制限があり、五年後に退職して、府営住宅から娘のマンションへ引っ越しました。

夫も定年退職し、日本の永住資格を取得しましたので、二人共仕事から解放されてのんびりした老後生活の一歩を踏み出しました。夫婦二人で、時には娘や孫たちと旅行に出かけました。

大阪や京都などはもちろん、南は長崎、沖縄、北は北海道まで足を延ばして、日本の美しい景色や文化に接し、楽しい思い出がいっぱい残っています。

中でも一番忘れられないのは、北海道の富良野です。広々とした田園、みどりの山々、美しい〝風のガーデン〟、そして、びっくりするほど美味しかった牛乳、かぼちゃとじゃがいも。夫は「もう一度行きたいね」とよく言っていました。

けれど、七十歳近くなってくると、足腰が弱くなってきました。私は骨粗しょう症と診断され、圧迫性骨折をして、一時はベッドから起き上がることもできなくなってしまいました。やっと起きても歩けず、トイレまで這って行く始末で、もうこれまでかと情けなくなりました。でも人間の生命力とは強いものです。自分でも驚いてしまいました。少しずつ痛みも取れて、普通に歩けるようになったのです。不思議な話ですが、そういえばこんなことがありました。

十二歳の時、満州で、アメーバ赤痢にかかったことがありました。その時、豚骨を焼いて粉末にしたものを飲まされて、治ってしまいました。十七歳の時には、肺結核にかかりました。当時、肺結核は不治の病と言われており、特効薬も何もない野戦病院で何人もの人が亡くなりましたが、私は奇跡的に治りました。また、八十四歳の時、なんと結腸リンパ腫と診断され、摘出手術を受けましたが、今もって元気で生きています。

おかげで日本に永住して十年、楽しい日々が流れていきました。

九　再び中国へ

日本へ永住してから十年目の二〇〇一年、夫が新しく家を買ったので、それを見たくて、一旦、中国へ戻りました。

その家は、鄭州の街の賑やかな所にあって、七階建ての新築マンションでした。面積が一二〇平方メートルもある３ＬＤＫ。夫と二人で暮らすには広すぎるくらいでした。リビングもベランダもキッチンも広々としていて、とても気に入りました。

古い家具は全部、夫の部屋に納めてあって、私の部屋には、全て真新しい家具が揃えてありました。驚く私を夫はニコニコと見ていました。

今になって考えると、夫は、私に中国へ帰って来てほしかったのです。

それでも当初、私たちは七十代でまだ元気でしたから、鄭州と大阪の家を行ったり来たりして楽しい生活を送っていました。

けれどだんだん、鄭州の家で過ごす期間がずるずると長引くようになってきました。夫を見ていると、鄭州で過ごしている時のほうが、生き生きと楽しそうでした。夫は若い頃から達筆で書道を愛し、著名人の書画や高価な硯などを買い集め、鑑賞するのが趣味でした。ゲートボールも上手で、病院の仲間たちの試合によく出ていました。趣味においても友人たちとの交流においても、中国で老後生活を送るほうが楽しそうで、またそれを望んでいるふうでした。

その頃、頼りにしていた娘一家が、仕事の都合で大阪から上海へ移住することになりました。残された老人二人、病気をした時のことを考えると、日本で生活していくのが心細くなってきました。

鄭州には住まいの近くに、大学病院で医者をしている長女が住んでいて、何かと頼りになります。それに中国も豊かになり、生活も日本と変わらず便利になったこともあって、自然に鄭州に住み着いたような状態になっていきました。そうこうするうち、イギリスに留学していた孫が帰国し、結婚して子どもが生まれると、私たちはひいじいちゃん、ひいばあちゃんになり、なおさら鄭州から離れがたくなってしまいました。

そのようなことから、日本に永住して十年、私は夫の母国に永住することを決意して、住み慣れた大阪を後に、中国に向かって日本を発ったのでした。

河南省鄭州の街

時世は変わり、中国もすっかり変わりました。今や中国は世界の経済大国です。私の住む鄭州の街も、高層ビルが建ち並び大型スーパーができて、陳列棚には日本からの輸入品が並び、食料品でも日用品でも欲しいものは何でも手に入ります。

通りには、トヨタ、ホンダ、ニッサンといった日本車が、かつての自転車に代わって走っています。

日本料理店もあります。値段は少し高いですが、お刺身、お寿司、タコ焼き、とん平焼き……と何でも食べられます。中国の若者たちにも人気があります。中国で仕事をしているビジネスマンやその家族たちも、気軽に日本の味を楽しむことができています。

けれど、時世が変われば、人の心も変わってきます。

昔、東北民主連軍で働いていた頃、私たち日本人は〝日籍同志〟〝国際戦友〟と呼ばれて大切にされていました。あの時代が懐かしく思い出されます。今、私は中国にいて何の役にも立たない、何の面白味もない、ただの老いたばあさんです。知人や周りの人たちは優しい言葉をかけてくれますが、総合的に見て、私たち外国人に対する管理は厳しくなっています。

治安の面でも変わってきました。

六十年ほど前、まだエアコンなどなかった時代、蒸し暑い夜はドアや窓を開けっ放しにして、自然の風を入れて寝ていたものでした。ところが今は、ドロボウ除けに二重扉を付け、窓には防盗網まで付けています。地下鉄やバスの中には、財布やケータイを狙うスリもいると聞きます。

〝衣食足りて礼節を知る〟とありますが、世の中が豊かになった今、ドロボウが増えたことは矛盾しています。これは、どこの国にでもある、普通の社会現象なのでしょうか。よく考えてみれば、貧富の格差が気になります。豊かさの一方で、貧しい暮らしをしている人たちも多いのです。

長生きをしていると、世の中のいろいろなことが見えてきます。どんな社会にも良いことばかりではありません。子どもの頃、よく父から聞かされていた言葉を思い出します。「教科書に書いてある世の中と、実際の世の中は違う。世の中には表もあれば必ず裏もある。お大臣もいれば貧乏人もいる。学校で優等生だったからといって、社会に出て優等生とは限らない」

社会制度の異なる二つの国に住んで、父の言葉の意味がよく分かってきました。

中国に長年住んでいる日本人の私にとって、今一番気になるのは日中関係です。顧りみれば、日本と中国の友好の歴史は非常に長いものです。古代、中国は日本の先生でした。日本は中国から、政治、宗教、医学、文学、建築など、いろいろ学んできました。唐の時代、長安（西安）に留学し、その後一生を唐の朝廷に仕え、日本へ帰ることができなかったという阿倍仲麻呂は、今でも中日友好の使者、先駆者として中国で称えられています。一九七九年頃、阿倍仲麻呂の記念碑が西安に建立されました。石碑にはあの有名な歌が〝望郷の詩〟として刻まれています。子どもの頃、百人一首で覚えた歌です。

天の原　ふりさけ見れば　春日なる
三笠の山に　出でし月かも

長い歴史の中で、日清戦争、日中戦争と日本が中国を侵略し、多くの損害を与えたことは否定できない事実です。

現在、歴史問題、領土問題などがあって、中国人の対日感情はさまざま複雑です。私の周りには、日本を好きな中国人も大勢いて、日本人の私に親切にしてくれています。

国際情勢が変わり、日中間に波風が立てば中国に住む私の心は痛みます。それでも私はこりずに中国に住んでいます。〝住めば都〟なのです。生まれた国は懐かしいですが、長年暮らしてきた中国は、私にとって捨てがたいものです。

中国と日本、日本と中国、末長く仲の良い隣国同士であってほしいと、心から願っています。

十　大切な人を失って

夫の他界は突然でした。

二〇一八年五月のこと、私はパスポートの更新のため、二週間の予定で、東京の娘の所へ帰っていました。

家を出る時、「行って来ますね。バイバイ」と声をかけると、夫はすごく寂しそうな顔をしました。普段あまり感情を表に出さない人でしたから、なんだかとても気になりました。成田空港へ迎えに来ていた娘に、心配させまいと思いながらも、気になって「お父さん、すごく寂しそうな顔をしていたのよ。あんな顔見たことないわ、変ね」と話したほどでした。

今思えば、夫はあの時、何か不吉な予感を覚えていたのかもしれません。予感とか虫の知らせとかいうものは、本当にあるように思います。

東京へ来て五日目のことでした。

この日の夕方、久しぶりに妹たちや甥の家族たちとレストランで賑やかに食事をしていた時です。中国の長女から「お父さんが倒れて入院しました」というメールが届きました。その後、連絡が取れなくなり、不安で気が気でありませんでした。

それから二日経って「すぐ帰って来て」という電話があり、パスポートが取れると急いで成田空港に向かいました。

居ても立ってもいられない気持ちを抑えて、飛行機の中でしっかりと心の準備をしました。

何が起きても決して取り乱さないこと、どんな事情があったとしても、決して長女を責めたりしないこと。乗り慣れた飛行機なのに、成田からの時間がとても長く感じられました。

鄭州に着くと、迎えの車に飛び乗り病院にかけつけました。

重症患者集中治療室（ＩＣＵ）に入ると、いろいろなチューブを付けられ、変わり果てた夫の姿が目に入りました。夫は脳出血でした。自分では冷静なつもりで、機中であれほど心の準備をしたはずでしたが、涙が自然に流れてきて抑えることができませんでした。「あなた、帰って来ましたよ。安心してね」と声をかけると、夫は目を開けました。意識はあったのです。「早く治して、家へ帰りましょうね」と言うと頷きました。その夜、夫は「家へ帰りたい、帰らしてくれ。ばあさんの顔を見たら病気は治る」と叫んで、看護師さんを困らせたそうです。

それから、しばらくの間病状が安定していたので、一般の病室へ移りました。見舞いに行くと、夫は必ず私の手を握りました。「私が誰か分かる？」と聞くと、「分かる、分かる」と日本語で答えました。「私の名前は？」と聞くと、日本語で「モチヅキ、モチヅキ」と答えたのでびっくりしました。

モチヅキというのは、私の旧姓です。六十年以上も一緒に暮らしていましたが、夫が私を「モチヅキ」と呼んだことは、一度もなかったのです。いつでも、どこでも、私の名前を呼ぶ時は「ワンユエ」と中国語の発音で呼んでいました。「ワンユエ」とは「王悦」と書きます。それは「望月」というのを中国語で発音するのと同じことから、夫が付けてくれた私の中国名です。

年を取ってからは「ばあさん」と呼んでいたのに、生死の間をさまよいながら、なぜ「モチヅキ、モチヅキ」と呼んだのでしょう。出会った頃に戻ったのでしょうか。それともずっと私を「モチヅキ」と思ってくれていたのでしょうか。

呼吸が停止する二日前には、しっかりとした声で「ばあ……」と呼びました。何を言いたかったのでしょう。それが夫の最後の言葉になりました。

病状が悪化するにつれ、話しかけてもただ頷くか首を横に振るだけになりました。四十八日間の闘病生活は、見ているこちらが、もう頑張らなくていいから、早く楽になってほしいと言いたくなるほど辛そうでした。「苦しい？」と聞くと頷き、「何か言いたいことはない？」と聞くと首を振りました。最後の最後まで意識はあったようです。最後の最後まで私の声は聞こえていたようです。そして静かに永久《とわ》の眠りにつきました。

二〇一八年七月十六日　享年八十八歳でした。

お葬式は家族だけで済ませました。病院側の追悼会もお断りしました。当初は弔問客との挨拶で悲しむ暇もありませんでしたが、人々が去り、娘たちも各々の家に帰ってしまった後、がらんとした部屋で一人、遺影に向き合った時、悲しみがどっと込み上げてきました。

私は子どもの頃、祖母と姉、満州で生まれた小さな弟と死別しました。父とは、国を離れていてその死に立ち会えませんでした。母は、日本に永住していた時、見送ることができました。でもその時の悲しみと夫を失った悲しみとは全く違うことが身にしみて分かりました。

六十四年間、苦楽を共にしてきた夫です。毎日食事の時、目の前に座っていた人、夜、テレビを見たり音楽を聴いたりする時、横に座っていた人が、急に消えてしまったのです。

この感覚は体験してみて、初めて分かったものでした。一番身近な人、一番大切な人を失った悲しみは、そう簡単に癒えるものではありません。

夫は普段からもの静かで無口な人でしたから、存在感が薄いように思いがちでしたが、失って初めてその存在感の大きさに気付きました。四十九日が過ぎ、納骨してからも、まだ家のどこかにいるような気がします。日本へ帰って暮らすように勧めてくれる人もいますが、私はそのような気持ちにはなれません。

少し落ち着いてから、遺品の整理を始めました。身の回りの全てが、きちんと整理してありました。書物や新聞、雑誌から切り抜いた有名人の書画、名句、旅先で集めた美しい押し葉など整然と残っていました。夫の人柄と趣味の深さに、改めて心を打たれました。

残された数々の名句の中に、次のような句がありました。

――当你対金銭、栄誉、地位感到淡泊時、你就成熟了――

訳すと「人は金銭、名誉、地位に対して『淡泊』になってこそ、成熟した人間と言えよう」となります。夫が、座右の銘として生きてきた言葉です。夫はこの句のように、本当に欲のない、曲がったことの嫌いな人でした。そして口癖のように「自分は農民の子に生

夫の座右の銘「淡泊」の扁額（夫、自筆の書）

まれたが、大学へ進学することができて幸せだ。満足している」と言っていました。きっと満足してこの世を去ったことと思います。これだけが、私への慰めです。

思い出すのですが、ある時、私たちは「死について」語り合ったことがありました。

事故ででもなければ二人一緒に死ぬことはない、どっちが先に逝ったほうが幸せかという話題でした。夫は「もちろん、自分が先に逝ったほうがいいよ」と真剣な眼差しで言いました。私が「私が先に死んだらどうするの？」と尋ねますと、即座に「自分も一緒に死ぬよ」とニコニコしながらさらっと言っていました。

話は「お墓について」になりました。中国

には「入土為安」（土に入りて、安らかになる）という言葉があります。夫は元気だった頃から、お墓を買いたいと言っていました。私は、お墓なんて縁起でもない、まだ要らないと反対をしていましたので、夫は長女にお墓を買ってくれるよう頼んだようです。お墓を買った時「これで思い残すことはない。やっぱり娘はいい。親孝行だ」と喜んでいました。

その「お墓について」の話になった時、夫は真面目な顔で、こう言ったのです。

「あのお墓の墓碑に、お前の名前は『望月』と刻むんだよ」

あまりにも思いがけない言葉だったので、私はびっくりして、その時はただ笑っているだけでしたが、夫が亡くなってから、その言葉の意味が分かってきました。

一つは、私も夫と同じお墓に入ってほしいということ。もう一つは、中国名でなく本名を使いなさいということでした。それは、日本人でありながら中国へ骨を埋めることになった私への、深い気持ちからの言葉だったと思います。「もう望月に返っていいんだよ」と夫が言ってくれているようでした。

中国には、日本のような先祖代々を祭るお墓とか菩提寺はないようです。墓所は管理事務所が管理していて、一人墓、夫婦合同の墓、家族全員の墓となっています。昔のような土を丸く盛り上げたお墓は、都会では見られません。また、戒名などもなく、故人の名は黄色、生存している人の名は赤色で刻んであります。

私たちの夫婦墓は、悠久の黄河を見下ろす丘陵地帯の墓所に、常緑樹に囲まれて建っています。碑には夫の「馬 迎春」の黄色い文字に並んで、「望 月」と赤く刻まれています。

—入土為安—

石碑の傍らに、夫が好きだった石榴の木を植えました。春には赤い花が咲き、秋には赤い実が熟すことでしょう。

黄河を見下ろす丘の上の墓所

追記

夫の死から二年、ふと手にした夫の愛読書の頁の間から、メモが見つかりました。訳すと次のようになります。

人生とは、初雪の荒野のように、歩んだ足跡を鮮明に残す

大地は、人類の母である

死後は皆、その母の胸に抱かれる

天地には大きい海がある
海より大きいものは空である
空より大きいものは人の心である

―二〇〇一年　記す―

あとがき

私は日本で生まれ、十二歳の時、満蒙開拓団として満州へ渡り、そこで日本の敗戦を迎えました。その後、日本へ引き揚げることがかなわず、激動する中国で、日本女性として生きてきました。

そして今日、ここ中国で、九十一歳の誕生日を迎えました。

二年前、夫を見送り、独りになって人生を振り返った時、私の生きた証しとして、歩んできた道を書き残そう、そして、子どもたちやその他少しでも多くの人たちに読んでいただけたら、こんなに嬉しいことはないと思い立ち、忘れないうちにと急いでペンを走らせました。

しかしながら、ここに書いてきましたことは、遥か遠く過ぎ去った人生の中で、私の経験したこと、見たこと、感じたことを、記憶を辿りながら、思い出すまま、ありのままに書いたもので、中国の全てではありません。

今、私が心から思うことは、本文中にも述べましたように、私にとって大事な二つの国である日本と中国が、ずっと仲の良い隣国同士であってほしいということです。

最後に、私の人生を支えてくださった多くの方々に、心から感謝申し上げます。

また、この手記の出版を後押しし、二年間もの長い間手を尽くしてくれた家族、わけても妹の千代子と孫の理佳にお礼を言います。

そして何よりも、この拙い手記をお読みくださった方々に、厚くお礼申し上げます。ありがとうございました。

二〇二一年一月四日　九十一歳の誕生日を迎えて

中国鄭州にて　　望月　藤子

筆者略歴

一九三〇年　山梨県に生まれる
一九三六年　尋常高等小学校（国民学校初等科）入学
一九四二年　家族全員満蒙開拓団へ移住
一九四四年　国民学校高等科卒業
一九四六年　東北民主連軍（現　中国人民解放軍）に従軍
　　　　　　護士（看護師）、医療統計員、翻訳担当
一九五二年　除隊、地方病院関係の幹事、秘書、主任、通訳担当
一九五四年　結婚
一九七五年　日本へ里帰り
一九八三年　河南省医学情報研究所所長
一九八八年　退職
一九九〇年　日本へ永住帰国
二〇〇一年　再び中国へ　現在に至る

著者近影